FASTES

GALANTS

DES COURS

DE VERSAILLES

ET DE TURIN.

M. DCC. LXXIII.

Épitre Dédicatoire à Madame la Comtesse de Provence.

MADAME,

Depuis tant de siecles que les fastes de Versailles & de Turin sont unis, combien d'alliances, de vertus sont à reverer, à admirer?

Comme militaire, on ne m'emporterait pas la gloire des Princes : mais en élevant les yeux jusques à Vous, Madame, je préfère le mirthe des deux Couronnes. Si leur Gouvernement eût quelquefois des Regentes ; les eloges sont pour le mérite, & les louanges pour les graces & la beauté. Eh ! dèsque que le Prince que nous cherissons comme issu de Louis & pour lui-même est heureux, puisque vous regentez son cœur ; sans doute que le Peuple trouverait en Vous sa Minerve.

C'est ce que voulaient dire nos applaudissemens, lorsque vous avez honnoré la Capitale par votre Auguste Préfence. Mais, Madame, ces Vœux, ces cris de joye & mes Vers ; tout n'est qu'un faible esquisse du zéle Français.

Après la soumission de mon hommage agrée par votre Personne Royale, j'ose vous offrir les FASTES GALANTS des Cours de Versailles & du Turin.

Je suis avec un profond respect,

MADAME,

Votre très-humble & très-obéissant Serviteur,
D'AUTHEUIL.

TABLE

CHRONOLOGIQUE

DES

ALLIANCES

DES

DEUX COURONNES.

Princesses de FRANCE, avec les Princes de SAVOYE.

1	1068	*J*Eanne *de Bourgogne*, mariée à *Amé* II. Duc de Savoie.
2	1074	*Agnès de Poitiers*, au *Marquis Pierre de Sav.*
3	1083	*Guillemette de Bourgogne*, à *Humbert* II. *de Sav.*
4	1222	*Anne de Viennois*, à *Amé* IV. *de Sav.*
5	1236	*Jeanne de Baudouin*, Veuve du Roi de Portugal, à *Pierre Thomas de Sav.*
6	1267	*Alix Palatine de Bourgogne*, à *Philippe de Sav.*
7	1274	*Huge de Bourgogne*, à *Thomas Prince de Piemont.*
8	1307	*Blanche de Bourgogne*, Fille de S. Louis, à *Edouard de Sav.*
9	1347	*Jeanne de Bourgogne*, à *Amé* IV. *de Sav.* Comte de Nemours.
10	1350	*Bonne de Bourbon*, à *Amé* VI. *dit le Comte Verd.*
11	1370	*Bonne de Berry*, à *Amé* VII *Comte de Sav.*
12	1386	*Marie de Bourgogne*, au *Même.*
13	1452	*Yoland de France*, Fille de Charles VII. à *Amé* IX. *de Sav.*
14	1472	*Margueritte de Bourbon*, à *Philippe* Comte de Bresse, *de Sav.*
15	1502	*Beatrix-Emmanuele de Portugal*, Fille de France, à *Charles* III. *de Savoie.*
16	1518	*Renée*, Sœur de François premier, mariée à *Hercule d'Est de Sav.*
17	1528	*Charlotte d'Orleans*, à *Philippe de Geneve.*
28	1559	*Margueritte*, Fille de François prmier, à *Emmanuel Philibert de Savoye.*
19	1519	*Christianne de France*, Fille de Henry IV. à *Victor Amédée*
20	1626	*Marie de Bourbon*, Fille de Charles de Soisson, à *Thomas-François de Carignan.*

Princesses de SAVOYE, avec les Princes de FRANCE.

1	1115	*Alix Humbert* mariée à *Louis VI. dit le Gros.*
2	1159	*Agnès*, mariée à *D'Archambaut de Bourbon.*
3	1176	*Mahaut d'Albert de Bourgogne*, à *Alphonse Roi de Portugal*, Fils de France
4	1234	*Margueritte de Provence*, à *Saint Louis.*
5	1241	*Beatrix*, fille du Comte *Pierre*, à *Guy*, *Dauphin de Viennois.*
6	1245	*Beatrix de Provence*, à *Charles*, frere de St. Louis, Roi de Sicile & de Jerusalem.
7	1287	*Bonne*, Fille d'Amé le Gr. à *Jean*, Dauphin de Vnois.
8	1306	*Margueritte de Piemont*, à *Charles de Tarente*, de France, Empereur de Constantinople.
9	1309	*Marie*, à *Hugues*, *Dauphin de France.*
10	1320	*Jeanne*, à *Jean de Bragne. de Dreux*, Pr. de Fr.
11	1432	*Mtte.* à *Louis d'Anjou*, Roi de Naples & Jerusalem.
12	1451	*Charlotte*, à *Louis* II. Roi de France.
13	1466	*Agnès*, au *Comte de Longueville*, de France.
14	1466	*Marie*, au *Comte de St. Paul Luxembourg*, de Fr.
15	1477	*Jeanne de Châlons de Sav.* à *Robert de Bourgogne.*
16	1487	*Louise*, à *Charles d'Orléans d'Angouleme.*
17	1576	*Henriette d'Archambaut*, à *Charles de Lorraine*, de *Mayenne.*
18	1660	*Margueritte*, au *Duc de Parme*, Prince de France.
19	1697	*Adelaide*, au *Duc de Bourgogne.*
20	1700	*Marie-Louise-Gabrielle*, à *Phillipe* V. du Nom. Roi d'Espagne, Fils de France.
21	1771	*Marie-Josephine-Louise*, à *Louis Stanislas Xavier*, Comte de Provence.
22	1773	*Marie-Anne Charlotte*: à *Charles - Philippe*, Comte d'Artois.

EGLOGUE.

EGLOGUE

SUR

LES ALPES,

OU

ÉPITHALAME

CHAMPÊTRE.

INTRODUCTION.

C'Eſt pour plaire, c'eſt pour aimer,
Que le deſtin vint nous former:
Un ſouffle a produit l'aſſemblage,
La beauté couronna l'ouvrage,
Le plaiſir embeillit ſa Cour;
Et l'Univers chanta l'Amour.

Senfible à cette mélodie,
La volupté, tendre folie,
Paffa par des refforts puiffans,
De nos oreilles dans les fens.
Les yeux, les organes de l'ame,
Prirent de la beauté la flamme
Où l'Amour allume l'encens
Qui lui confacre les amans.
Le tact en accroiffant fes armes,
Fit preffentir de plus grands charmes;
Et le Myrthe myfterieux,
Eclipfa les amans heureux.

Il eft donc par cette influance
Peu de cœurs dans l'indifference.
Si la Bergere & le Berger
Se voyent au Champ fans danger;
C'eft une feinte, un ftratagême,
L'art fert à voiler ce qu'on aime.

En fait d'amant, de heros,
Il eft à Turin comme en France,
Gloire, Amour, font d'intelligence.

Je célébre fur mes pipeaux,
Les Alpes qu'arrofent les eaux *
Qui naiffent près de la Provence.

* *Le Po, Riviere de Savoye.*

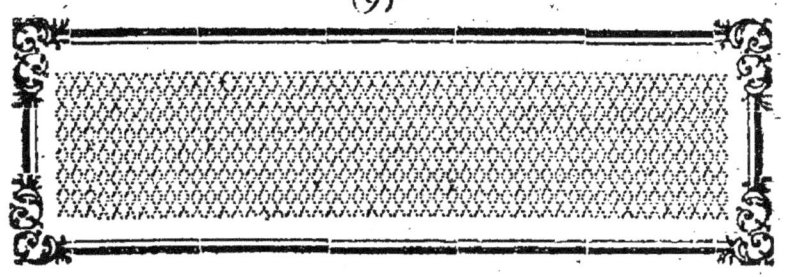

EGLOGUE.

LE chalumeau dans la prairie,
Caufe une douce reverie.
Son chant pour vous, Nymphes des bois,
Plus beau que le concert des Rois ;
Chaque jour, chaque inftant ramene,
Les foins que le plaifir enchaine.

Le Patre en gardant fes Troupeaux,
Fait choix du plus blanc des Agneaux :
Cet être qui fait fa richeffe,
Devient un fujet de tendreffe.
Il le pare à l'aube du jour
Des couleurs qu'il tient de l'amour ;
Sa Belle va-t'elle paraitre?
Il l'attire au berceau champêtre,
Là l'Agnelet le fuit belant,
Et comme infpiré par l'amant.
Le mouton careffant la Belle,
A fon tour careffé par elle ;

B

Eſt l'interprête des ſermens,
Dont l'aveu nous coute à quinze ans.

Près d'un rocher ſous la tonelle,
Que de groupes l'amour appelle :
Amans ſans bleſſer la candeur,
Il n'eſt de premice en faveur,
Que d'accords le cœur & la main
N'invoquent le Dieu de l'hymen.

Les Alpes, le valon, la plaine,
Du plaiſir reſpirent l'haleine :
Le hameau, la Ville & la Cour,
Tout rend les armes à l'amour.
Pendant que dans l'indifference
Lycidas & la jeune Hortence,
Paſſent les beaux jours du Printems,
Sans fêter le Dieu des amans :
C'eſt au tribunal de Cythere ;
Qu'il faut citer cette Bergere,
Et que le Berger Lycidas
Soupire en voyant ſes appas.

Près de Venus ferait-on belle ?
Hortence parait, elle eſt telle.
» Sa beauté peut plaire ſans art,
» Ses graces ignorent le fard
» Qui ſert au luxe, à l'impoſture :
» Sous ſa tunique la nature
» Souleve de naiſſans contours :
» L'illuſion vient au ſecours
» Et fait diſparaitre la traine,
» Dont la candeur couvre ſon ame

Quel egide ferait garant
Des feux que près du fexe on prend ;
Lycidas feul inébranlable ,
Nous parait moins courtois qu'affable.
Quoi voudrait-il braver l'amour ?
Hortence infenfible à fon tour ,
N'ufa pas de fupercherie :
On eft vrai dans la bergerie.
Lycidas d'un port élégant ,
De fon côté n'eut pas le gant :
Pour chevalier de la tendreffe ,
L'étoile autant que la jeuneffe.
Défigne les mortels cheris ,
Qui du Myrthe emportent le prix.

Tel fut le fort de la journée ,
Où tendant fans céffe des lacs ,
L'amour furprit la deftinée ,
Veillant fur le cœur & les pas
D'un couple qui parlait d'affaire ,
Affaire d'état de Cythere.

Propos galant flattent les Dieux ,
L'amour les écoutait des Cieux.
» Des Alpes exaltant l'eloge ,
» Au pinacle chacun les loge.
» Imitateur du Souverain ,
» Le Patre penfe en Suzerain.
» Son bonheur fe peint par la joye
» D'un VIVE AMEDÉ DE SAVOYE.
» Et par reprefaille d'hymen ,
» Comme le Roi traite au Germain;
» Les Francs contractant mariage.
» Si par un fortuné voyage ,

» Au trône, dit le Turingeois,
» Pour un inftant je m'agrégeois,
» Je ferais choix d'une Françaife ;
» Leur ton me charme & me rend aife.

　» Faut-il, dit Hortence, être Roi
» Pour fuivre l'amoureufe loi :
» Il fuffit d'être jeune & belle,
» La mode plait étant nouvelle :
» Quel Français fachant mon deffein,
» Ne fuivrait l'amour à Turin.

　Chacun appuyait fon fyftême,
Semblait le dire comme on aime.

　Dans un Labyrinthe charmant,
La prudence échappe un moment ;
On fe croit aidé du myftére,
Trop tard on voit qu'il faut fe taire.
On implore envain les échos,
Ils ont divulgué les propos
Confacrés au Dieu du filence.

　Mais qu'heureufe fut l'imprudence ;
Auffi-tôt un couple courtois,
Amour, fortit de ton carquois.
Pour des Patres quelle magie,
Quel art que la Mithologie !
Tels on voit s'ériger en Dieux,
Des êtres créés loin des Cieux :
Pour le culte de la tendreffe,
Une invifible main fans ceffe
Opére des effets charmans,

Et fait le bonheur des amans.
L'un fait le partage d'Hortence,
Et Lycidas prit de la France
L'époufe faite pour fon cœur.

Par un double & galant bonheur,
Se fignalant au gré des Belles,
L'amour vainqueur battit des ailes.
» Allez, leur dit-il, à la Cour,
» Vous y verrez dans tout fon jour,
» Comme je couronne la tête,
» Quand les graces donnent la Fête.
» Soit dans les Joutes, les Tournois,
» Près des Alpes, chez les Gaulois,
» J'exprime ce que la tendreffe
» Poffède à Turin, à Lutece.

» Vous y verrez le tendre hymen
» Aux Demi-Dieux donner la main ;
» L'encens, les fleurs marquer les traces
» Des fameux Héros & des Graces.

» Là, je précéde le guerrier,
» Comme le Myrthe le Laurier.

Combien de fois ton divin Temple,
Hymen, nous donna pour exemple
Les Amedés & les Louis,
Et leurs Princeffes & leurs Fils ?
D'une voix flexible & tendre,
Le vrai bonheur s'y fait entendre :
Soyez tous, dit-il mes Sujets,
Uniffez vos cœurs à jamais.

Quel bruit flatteur & quel murmure ?
L'élement cher à la nature,
En arrofanr un gazon verd,
Semble produire un doux concert.
L'eau du Pô pour joindre la Seine,
Court à la Mer leur Souveraine.
Vanter & Lys & Lacs d'amour
Que l'Olympe fefte en ce jour.

Venez Amans, venez Bergeres,
Quand l'Hymen ouvre fes barrieres
En faveur d'illuftrés époux :
Ce bonheur qui vous parait doux,
Eft fouvent loin du Diadême.
Le cœur des mortels eft le même,
Il change en prefcrivant des Loix.

Pleins d'amour, refpectez vos Rois ;
S'ils font tous Maîtres de la Terre.
Le Berger regne en fa chaumiere,
Le plaifir paye fes travaux,
Et les faifons de biens nouveaux,
Du champ qu'il a rendu fertile,
Environne fon fimple azile ;
C'eft là de laitage & de fruits,
Qu'il vit heureux & fans ennuis.
La paix des Potentats du monde
Cefle quand leur tonnerre gronde.
Mais le Pâtre Peut vivre en paix,
Mourir fans remords, fans regrets.
Hé ! ne voit-on pas la houlette,
Sceptre de la gente pauvrette,
Anoblir l'homme & le troupeau,

Faire la gloire du Hameau.

Mais que de graces près du trône,
Font ambitionner la Zone,
Où brillent l'éclat, la grandeur,
La Gloire, cette douce erreur.

Dans le court inſtant de la vie,
Le Palais ou la Métairie,
Ne ſont chers que par le bonheur
Eſſentiel à notre cœur.

Soit à la Ville, à la Campagne,
Heureux qui trouve en ſa compagne
Graces, talens, eſprit, vertus,
Sur le beau ſéxe dévolus.

F I N.

SONNET

APPOLOGETIQUE

SUR

LES REGENTES

DES

DEUX

COURONNES.

REGENTES

DE

SAVOYE.

1   *Bonne de Bourbon*, Femme d'A-
     mé *VII.* Regente   en   1393

2   *Yolande de Fance*, Femme d'A-
     mé *IX.*   en   1463

3   *Chriſtianne de France*, dite Ma-
     dame Royale, Femme *d'Ame-
     dée*, Regente   en   1638

REGENTE

DE

FRANCE.

Louiſe de Savoye, dite la Du-
cheſſe d'Angouleme, Femme
du Duc d'Orleans, Regente
de François premier.
         1500
         &
         1524

SONNET
APPOLOGETIQUE.

ARmé de pied-en-cape , environné de gloire ;
Quel Séxe sémillant fait pour la volupté ,
Tint en ses blanches mains le joug & la bonté,
Fit du Gouvernement une heureuse mémoire ?

Fabuleuse Minerve, en vain tu fais accroire
Que l'Olympe aux vertus assignant des chemins ,
Dissipe les fléaux qui troublent les humains :
L'héroïque beauté remporte la victoire.

Charmans Legislateurs, les Graces & l'esprit,
Illustrerent jadis aux Alpes comme en France,
L'art de regir l'État que l'honneur anoblit.

L'Amour près de sa Mere , à l'âge où tout sourit ,
D'elle prenoit leçon sur la tendre puissance ;
Mais , hélas ! Qu'un bon ROI surpasse leur Régence.

LISTE

DES

TOURNOIS.

1348	A Chambery.	Par le *Comte VI. de Savoye*, dit le Verd, par galanterie de Cour.
1370	A Geneve.	Par *Amé VII.* avant & après fon Mariage avec *Bonne de Berry*.
1498	A Geneve.	Par *Philibert de Savoye*, pour fon mariage avec
1504	A Carignan.	*Margueritte* Fille de François premier.
1618	A Turin.	Par *Victor Amédée*, avant fon Mariage avec *Chriftianne de France*, Fille de Henry IV.
1619	A Paris.	Pour le même Mariage.
1620	A Turin.	Pour le même Mariage.
1660	A Turin.	Pour le Mariage de *Margueritte de Savoye*, avec le *Duc de Parme*, Prince de France.

LA

TOURNOI-MÉTRO-MANIE,

CHANT

EN

DOUZE QUATRAINS.

Premier Quatrain.

Renomée, hélas ! Qui t'appelle ?
Déja la Trompette cruelle
Préſage l'horreur, le trépas,
Célèbre le Dieu des Combats.

II.

Raſſurez-vous, dit la Déeſſe,
Ma voix annonce la tendreſſe ;
Servant l'Amour, je ſers les Dieux ;
L'emploi n'eſt-il pas glorieux ?

III.

A ces tranſports mon cœur en proye,
Se croit ſouvent le Preu MONT-JOYE.
L'honneur du Carouſel français,
Aux Dames vouant ſes hauts-faits.

IV.

IV.

Des Alpes le galant renom
Offre aux SARDES un champion.
Que de lances, bonne nouvelle,
Rompit aux yeux de la plus belle.

V.

Comme Mars promet des Lauriers,
L'Amour flattant ses chevaliers,
Attache au but de la carriere
Le Myrthe que produit Cythére.

VI.

Siécles de l'antiquité,
Vous connutes la volupté ;
L'ignorance fût-elle extrême,
Non. On se disait, Je vous aime.

VII.

Quel gage que ce gant d'honneur !
L'héroine au gladiateur ;
Par ses rubans, sa présence,
Causait l'amour & la vaillance.

VIII.

Mais lorsque le dard à la main
On célébroit le Dieu d'Hymen.
La gloire & la galanterie
Ne formoient plus qu'une Férie.

IX.

Les Faits du héros de l'amant,
Tour-à-tour en s'entrelaffant,
Qui n'aurait dit par leurs devises
Que les Graces étaient aux prises.

X.

Par l'aimable varieté,

Souvent la tendre volupté
Prend une route plus nouvelle ;
Mais notre cœur nous dit, c'eſt elle.

XI.

Hé qu'importe au Dieu des plaiſirs
Comment nous charmons nos loiſirs :
Tel on voit pour la belle Aurore,
Titon ſe rajeunir encore.

XII.

De tout ce qu'inſpire Apollon
L'Immortalité ſait le nom.
Des Rois de France & de Savoye,
De bonne nouvelle & Mont-Joye.

F I N.

www.ingramcontent.com/pod-product-compliance
Lightning Source LLC
Chambersburg PA
CBHW061736180626
46818CB00006B/2651